KB133643

바위 틈에 피는 꽃

바위 등에 피는 꽃
•
인쇄일 · 2022. 1. 10.
발행일 · 2022. 1. 15.

지은이 | 조인순
펴낸이 | 이형식
펴낸곳 | 도서출판 문학관
등록일자 | 1988. 1. 11
등록번호 | 제10-184호
주소 | 04089 서울시 마포구 독막로 28길 34
전화 | (02)718-6810, (02)717-0840
팩스 | (02)706-2225
E-mail | mhkbook@hanmail.net

값 · 12,000원

ISBN 978-89-7077-642-2　　03810

바위 틈에 피는 꽃

조인순 시집

문학관books

| 시인의 말 |

운이 좋은지 나쁜지는 잘 모르겠지만, 세상이라는 넓은 바다에서 첫 항해를 시작할 때부터 날씨가 그리 좋지는 않았습니다. 하지만 어쩌겠습니까. 날씨가 나쁘다고 해서 항해를 포기할 수는 없는 것이지요. 삶이란 그런 게 아니겠습니까.

그렇다고 해서 항해 내내 비바람과 태풍만 몰아치는 것은 아니었습니다. 가끔은 따스한 햇살이 비춰 비바람에 흠뻑 젖은 몸과 마음을 어루만져주었고, 뱃멀미에 녹초가 되어 쓰러져있는 내게 순풍과 잔잔한 파도로 위로도 해주었습니다.

그 질기고도 황홀한 삶의 여정 길에 마주한 것들을 이곳에 조금 풀어놓았습니다. 번뇌와 고통의 집합소인 인생이라는 길에서 만난 수많은 이야기들을 지고 다니기가 너무 무거워서 말입니다.

하늘이 유리처럼 맑은 가을날

서재에서 怡桀 趙麟筍

| 차 례 |

제1부 봄비의 소환

제2부 심연의 바다

제3부 돌아가는 길

제4부 연주암 가는 길

제5부 길

제6부 꽃들의 위로

제7부 등불

제1부

봄비의 소환

봄비의 소환
바위 틈에 피는 꽃
제물
야우夜雨
고추의 고백
매미의 슬픔
솔마루 계단
애간장
월궁의 항아
조급함
삶의 여백
황태
두물머리 느티나무
묵언 수행
쇠똥구리

봄비의 소환

삼성산에 산불이 났다고
긴급재난문자가 왔어.
요 몇 년간 툭하면
그곳에 산불이 나는데
왜 그러는지 아무도 모른다네.

환장할 일이지.
검은 연기가 쉴 새 없이
하늘로 올라가고 있더군.
나무들의 비명이고
꽃들의 통곡이었어.

올봄엔 봄비가 오지 않아
날이 더욱 가물다고 하더군.

그래서 산불에 비상이 걸렸다고
들리는 소문엔 게으름을 피우다 그랬다지.
자신의 임무를 다하지 않았으니

봄비를 소환해 경을 칠 일이지.

바위 틈에 피는 꽃

왜 그렇게
남의 얼굴을 쳐다보나요.
어떻게 살았느냐고
궁금해 할 것도 없답니다.

어쩌다 보니 이곳에
터를 잡게 되었는데
욕심들이 알아서 떠나주니
못 살 것도 없더라고요.

부실한 몸을 위해
먼지 한 줌과
이슬
몇 방울이면 충분하답니다.

그러니

제발

태양과의 사랑을

방해하지 말아주세요.

제물

바람이
지나갈 때는
모두
낮은 자세로
고개를 숙이거나 엎드린다.
교만이 뼛속까지 박혀있는
나는
머리를 숙이지 않았다.
겸손을
배우지 못한 죄로
아끼는 모자를 제물로 바쳤다.

야우夜雨

그 누구의
눈물인가
이 밤
목 놓아 우는 자.

무섭게 퍼붓는
저 빗물은
밤새도록 부어도
마르지 않는
슬픔의 원천

그 누구의
피맺힌 절규인가.

고추의 고백

처음엔 몰랐습니다.

풋내기라고 무시해서
태양을 조금씩 훔쳐 먹고
정당히 폼 잡고 살면
되는 줄 알았는데

바늘도둑이 소도둑 되듯
그렇게 먹은 것이 어느새
온몸이 벌겋게
물들 줄은 몰랐습니다.

매미의 슬픔

그 긴 10여 년을
캄캄한
땅 속에서….

기다림에 비해
너무나 짧은 시간
겨우 3~4개월

내가 울면
여름의 정령이라고
좋아하더니

이제는 소음공해

어떻게

그렇게

변할 수 있을까.

솔마루 계단

나를 밟고 올라가세요.
솔마루 계단이 말했다.
지금까지 밟고
올라온 계단이 몇 개인데
아직도 밟고
올라갈 계단이 남았단 말인가.

한 계단
한 계단
또
한 계단

중간쯤 오르니
숨이 턱까지 차오르고

뒤돌아보니 아득해
다리가 후들거린다.
평생 이렇게
계단만 오르다 가는 것을….

애간장

안양교도소 후문
봄이 되니
연분홍 복사꽃이 피었다.

여름 내내
태양의 눈총을 견뎌내고
연지곤지 찍던 날

사람들은
그 자태에 매료되어
철조망 안을 쳐다보며 애간장을 녹인다.

월궁의 항아

반야에 떠있는 달
시리도록 푸른 별
구름도 잠든
고요한 산길을 걷는다.

산자락의 설경 덕분에
낮처럼 밝은 달밤은
사물의 경계를 세우고
바람마저 서 있게 한다.

월궁의 항아는
무슨 연유로 잠 못 들고
이 밤
길손의 길잡이를 자처하는가.

조급함

봄도 아닌데
산야에 붉은 꽃이 폈다.
꽃을 바라볼 여유도 없이
조급해지는 것은
겨울이 오고 있기 때문이다.

옷깃을 여미기도 전에
건조함은
살갗을 파고들어
심연마저 말려버린다.

단 한 방울의 수분도
용납하지 않는 계절
별은 지고 가을은 가고

시린 옆구리 더욱 시리게
겨울의 걸음이 빨라진다.

가난한 가슴은
한숨을 토해내고
고단한 어깨엔
첫서리가 내려앉는다.

삶의 여백

하늘이 보이지 않는 숲
작은 생명들은 빛이 그립다.
숨이 막혀 질식할 것 같은
빽빽한 숲길을 뚫고 태풍이 간다.

쉴 새 없이 쏟아져 내리는
삭정이 비
숲은 환골탈태를 하고
다시 생기가 넘친다.

우리네 인생에도 태풍이 분다.
태풍이 한 번씩 지나갈 때마다
떨어져 나가는 삭정이들
비로소 삶의 여백이 보인다.

황태

바다의 기억을 품은 채
입이 꿰어
시간 위에 매달린 명태
자연은 쉼 없이
맵고도 질긴 매질을 한다.
하얀 눈을 뒤덮고
칼바람을 맞으며
태곳적 시간 속에 갇혀
윤회를 꿈꾸며 잠들어 있다.

계절의
담금질은 멈추지 않고
밤낮으로
풀무질도 계속된다.

인고의 시간을 견디며
한 계절이 지나갈 때쯤
바람은
소리 없이 길을 내고
황태는 잠에서 깨어난다.

두물머리 느티나무

남한강과 북한강은
정신없이 달려와
약속이나 한 것처럼
두물머리에서 만난다네.
각자가 지고 온
묵직한 이야기 봇짐을 메고
서로를 끌어안고 하나가 되지.
그들의 이야기를 엿들으려고
커다란 준치가 헤엄쳐가고
산과 구름도 가끔씩 강으로 들어간다네.

강가에 서 있는
큰 느티나무는
사백 년을 살았는데

나무 밑에 구렁이가 산다는
전설을 품고 있어
사람들의 궁금증을 증폭하지.
그 긴 세월 동안
한자리에 묵묵히 서 있는 느티나무에게
두 물줄기는 새로운 소식을 전하며
또다시 긴 여정을 떠난다네.

묵언 수행

깊은 산속 암자
스님 혼자
불도의 길을 닦으며 수행 중이다.

사바세계의
나도 홀로
몇 개월째 묵언 수행 중이다.

속세나 암자나
홀로
있는 것은 다 마찬가지이구나.

쇠똥구리

식량인 쇠똥을 뭉쳐
끌고 가다
오르막을 오르지 못해
뒷다리로 버티고 서 있는
쇠똥구리

겨우 올라간 언덕을
몇 번을 굴러 떨어져도
포기를 모르고
또다시
끌고 올라가는 끈질김

먹고사는 문제는
다들

버거운 일이라
쇠똥구리에게도
녹록하지가 않구나.

제2부

심연의 바다

봄비 소리
첫 월급
심연의 바다
어린 소녀의 작죄
깊고 푸른 슬픔
질경이 씨
유년의 편린
울 오빠
얼음 꽃과 복사꽃
눈 오는 밤
그리운 선생님
부잣집
절규
무너진 돌탑
태산

봄비 소리

밤새 소곤대는
봄비 소리에

그 이야기 궁금해
찾아온 잠을

끌어안고
봄비 이야기 듣고 있다

첫 월급

내 나이 스무 살
세상에 나가
힘든 노동의 대가로
첫 월급 10만 원 받던 날

친구들은 부모님 드린다고
에어메리 사 가는데
나는 일찍 가신 부모님 생각에
가슴이 먹먹하고 코끝이 찡했다.

'이 돈 가지고 울 엄마 좋아하는
땅콩엿 사다 드리면 좋을 텐데.
이 돈 가지고 울 아빠 좋아하는
정종 한 병 사다 드리면 좋을 텐데.'

아무것도 못 사고 만지작거리다
가슴에 품고 온
첫 월급봉투 따뜻한데
자취방 형광등은 오래도록 깜박거렸다.

심연의 바다

평소엔
인색하기만 한 시간이
사고 후 배려가 넘친다.
감당도 못할 시간을
무한대로 안겨주니

어떻게 보내야 할지
하루가 십 년 같고
삼 개월이 삼백 년 같아
꼼짝도 못 하고 누워
생과 사의 갈림길에서

선택은 배제되고
어느 쪽이든

기다리는 것 말고는 방법이 없어
증폭되는 고통에
심연의 바다만 끝없이 출렁인다.

어린 소녀의 작죄

엄마에 대한 그리움이
분노가 된 어린 소녀는 소리쳤다.

"세상의 모든 엄마들은 다 죽었으면 좋겠어!"

그런데
엄마들은 죽지 않고 점점 늘어났다.

소녀의 언니가 엄마가 되더니
소녀도 엄마가 되고
소녀의 동생도 엄마가 되었다.

신은
어린 소녀의 작죄를 용서해 준 것일까.

깊고 푸른 슬픔

찔레꽃 같은 엄마
얼굴은 백지처럼 하얗고
몸은 먼지보다 더 가벼워
오랜 병고의 세월을 끌어안고
잿빛 구름을 타고
눈보라 속으로 떠나간다.

동백꽃 한 송이 움켜쥔 엄마
떨어지는 꽃잎을 본 어린 딸은
그 많은 세월을 보내면서도
상처가 너무 깊어
기억 속의 엄마를 묶어
심해보다 더 깊은 심연에 가둔다.

열 개의 구슬을 품고 떠난 엄마
엄마보다 나이가 많은 딸은
바다처럼 깊고 푸른 슬픔이
꾸역꾸역 목까지 차올라도
멈춰버린 유년의 시간을
아직도 꺼내볼 수가 없다.

질경이 씨

엄마 보고 싶다고 울어 대는 내게
동네 할머니 지나가다 하시는 말씀
“얘야, 질경이 씨를 받아 그 씨로
기름을 짜서 느그 엄니 제삿날에
불을 켜면 엄니를 볼 수 있단다.”

그날부터 오빠를 졸라
온 들판을 헤매며 몇 날 며칠
질경이 씨를 받아 모아도
그 작은 씨로
기름을 짜기에는 역부족

고단하고 지친 몸보다 서러움이 복받쳐
어두워지는 들판에서 울다 지쳐

오빠 등에 업혀 올 때
손에 꼭 쥐고 온
눈물로 반죽한 작은 경단 질경이 씨.

유년의 편린

어둠에 갇혀
밤새 눈보라 뒤집어쓰고 주무시는
우리 엄마 얼마나 추우실까.

창호지에 싸락싸락
눈 내리는 소리
눈은 그치지 않고 점점 쌓이네.

아버지와 계시던 안방을 떠나
산자락 독방 하나 얻어 분가하신
우리 엄마 얼마나 무서울까.

문풍지에 부딪혀
울어대는 바람소리

엄마의 울음 같아 뒤척이다가

깊은 밤
홀로 깨어 훌쩍거리던
그 옛날 유년의 편린.

울 오빠

논두렁 밭두렁
아지랑이 아롱아롱
피어날 때
둑길을 걸으며
삘리리삘리리
풀피리도 불어주고

배고프다고 칭얼대면
삘기 뽑아 까주고
개구리 가재 잡아
구워서 먹여주던
울 오빠
청매화 홍매화
흐드러지게 피고

봄바람에 꽃잎이
춘설처럼 날리는 날
꽃길 따라
봄 소풍 갔다네.

얼음 꽃과 복사꽃

어린 소녀는
이유도 모른 채
그리움이라는
벌을 받으며 자랐다네.

슬픔과 외로움에
울기만 하던 소녀는
벌의 무게를 견디지 못해
분노로 서서히 변해갔지.

결국 차가운
얼음 꽃을 피워
주위의 모두를
얼려버렸다고 하더군.

세월의 신과 문학의 신은
소녀를 가엽게 여겨
슬픔의 무게를
조금씩 덜어주기로 했다지.

오랜 시간을 노력한 덕분에
소녀는 더 이상
얼음 꽃을 피우지 않아도 되고
대신 복사꽃을 피웠다고 하더군.

눈 오는 밤

하루 종일 내린 눈
출타하신 아버지
길 잃을까 염려돼
마중 나간 고갯마루

발자국은 금방
흔적도 없이 사라지고
길이 여긴가 저긴가
집에 돌아갈 길도 잃어

곯은 배 움켜잡고
언 발 동동거리며
휘날리는 눈발 속에
목을 빼고 쳐다봐도

아버지는 오지 않고
능선에 서 있던 커다란 나무
눈보라 부딪쳐 슬피 울던
기억 저편의 눈 오는 밤.

그리운 선생님

여기
자신보다 제자들을 더 사랑한
불도저라는 별명을 가진 선생님이 계십니다.
캠퍼스에 울려 퍼지는 그분의 강의를 들으며
우리들은 꿈을 꾸며 미래를 설계하느라 바빴습니다.

그는
주경야독으로 지쳐있는 제자들이
무사히 졸업해 더 나은 삶을 살기를 바랐지요.
무슨 일이 일어도 도중에 포기하지 말고
졸업은 해야 한다고 당근과 채찍을 휘둘렀습니다.

우린
그런 그를 무척이나 따르고 존경하며

해이해진 마음을 다잡기도 했었지요.
그 열정으로 우리를 품으시던 그 큰 산은
한줌의 재가 되어 우리들 곁을 떠나갔습니다.

부잣집

강변 가에
홀로 있는
초라한
집 한 채

비와 외풍이
제집처럼 드나들고
누추해
손님 맞을 곳 없어도

문밖의 산하가
다
정원이라
부자 중의 부자로군.

절규

가지 말라고
가지 말라고
목이 터져라 불러도
어떻게
한번을
돌아보지 않고
그렇게
매정하게 갈 수가 있어!

무너진 돌탑

매서운 겨울을
견뎌낸 돌탑이
밤사이
봄비가
다녀가고 나서
균형을 잃었다.

절반이
무너져 내렸지만
돌을
쌓아올린 이들의
간절한 소망만은
무너지지 않기를….

태산

아버지 따라 장에 가던 날
폭설이 내려
길이 끊어지기 전에 집에 가려고

무거운 짐 짊어지고 서둘러 가는
아버지 옷자락 붙잡고 따라가는데
무릎까지 쌓인 눈

길은 이미 눈 속에 파묻혀
걷지도 못하는 딸을 가슴에 안고
발을 헛디뎌 몇 번을 넘어져도

또다시 일어나 뜨거운 입김 뿜어내며
푹푹 빠지는 눈을 밟고
태산처럼 가는 아버지.

제3부

돌아가는 길

돌아가는 길
산에서
화석이 된 담쟁이
역설의 시간
벌레들의 일침
까치의 편지
운동장 벚나무
산정
배추
번데기의 한마디
구슬
산속의 이중주
용문사 은행나무
연꽃 가게
눈치
꿀벌

돌아가는 길

왜 안 오느냐고 성화를 해서
몇 년을 벼르다가 문득
그가 보고 싶어
무작정 차를 몰아 달려갔다.

그렇게 먼 길을 달려갔는데
주인은 출타 중이고
굳게 닫힌 문은
휴식을 방해한 객을 흘겨본다.

기별을 하고 왔는데
무례한 주인에게 부아가 치밀어
카페에 앉아 쓴 커피 잔에
씁쓸함과 쓸쓸함이 어린다.

집 비번을 가르쳐주며
들어가 잠시 기다리라는
그의 청을 거절하고
나는 왔던 길을 다시 돌아가기로 했다.

그에 대한 미련만 길 위에 남긴 채.

산에서

산에서
야생화 함부로 꺾지 마셔요.
힘들게 피어난 꽃들이
아프다고 울고 있더라고요.

산에서
과일 껍데기 아무 데나 버리지 마셔요.
사람이 먹지 못하는 거
동물들도 먹을 수 없답니다.

산에서
음악 좀 크게 틀지 마셔요.
산에 사는 동물들도
소음공해로 불면증에 시달린답니다.

화석이 된 담쟁이

혼자서는 살 수 없고
누군가에 기대어 살아가는
슬픈 운명의 소유자
바라볼 수도 없고
느낄 수도 없는
유리보다 더 차가운 담장

자신의 영역 안을
함부로 엿보지도 말고
들어올 생각도 말라고 경고하지만
담쟁이에게는 당할 재간이 없어
아무리 높고 견고하게 쌓아도
쉬지 않고 타고 올라

어찌할 수 없는
끈질긴 사랑의 구애를
자신의 운명이라 여기며
그 지독한 사랑은
죽어서도 떠나지 못하고
담장을 끌어안고 화석이 되었다네.

역설의 시간

해가 뜨면 집을 나와
하루 종일 벤치에 앉아
시간을 죽여야 하는 그들
젊은 날 화려하지 않았던
인생이 있으랴마는
편안함과 느긋함이 찾아오지만
안주安住하기에는
너무도 쓸쓸하고 외로운 현실

선택의 기로에서
긴장하지 않아도 되는 대신
선택권을 박탈당하는
늙음의 우울함
체력은 떨어져도

지혜는 쌓여가는 모순된 현실
늙음은 역설의 시간과
마주하는 것이다.

벌레들의 일침

징그럽고 더럽다고
피하기부터 하니 어쩌겠습니까.
생겨먹기를
처음부터 그렇게 생긴 것을요.

살기 위해 몸부림치는 것은
당연한 일인데
힘 없고 약하다고
이렇게 당해도 되는 것인지
이유도 없이
짓밟힐 때는 억울하기도 하였지요.

어찌 보면 댁들 덕에
사는 것처럼 보이지만

나무만 보고
숲은 못 보는 것처럼
우리들도
우리의 몫은 묵묵히 하고 산답니다.

생태계의 가장 낮은 곳에서
댁들이 싸놓은
오물을 분해하는 것도
우리들이라는 것을 기억하시기 바랍니다.

까치의 편지

가난이 싫어
쌀밥 한 그릇
원 없이 먹어보겠다고
엄마가 모아둔 아버지 약값 훔쳐
집 떠나던 날부터

너 네 엄마

새벽마다 장독대에
정화수 떠놓고 빌고 나서
너 언제 오느냐고 묻더라.
집 나가면 개고생이라는데
이제 그만 돌아오는 게 어때

설날도 가까운데.

운동장의 벚나무

언제부터 그 자리에 있었는지
나무의 나이가 몇 살인지 모르지만
고령에 가까워 보이는 벚나무

운동장을 묵묵히 내려다보고 서 있어
사람들 속을 훤히 들여다보는 것 같아
그 앞을 지나갈 때는
어른을 대하듯 공손해진다.

겨울이면 하얀 눈을 뒤집어쓰고
죽음보다 더 깊은 잠을 자고 있어
머리에 이고 있는 까치집이
위태로워 보이지만

봄이 오면 나이를 잊고 회춘해
세월이 새겨놓은 주름 계곡에
곱고 예쁜 벚꽃을 탐스럽게 피워낸다.

산정

산정에 이름 없는
작은 무덤 하나
흔적만 남아

봉분에 자라난
나무 한 그루
고목이 되어

태고의 시간을
간직한 채
하얀 소금 꽃을 피우고 있다.

배추

녹색 치마
노란 저고리
곱게 단장한 그대
나는 떨리는 손으로
그대의 옷을 벗긴다.

비바람 찬 서리에
풍만하고
아름다운 그대
하얀 속살 드러내며
가냘픈 허리 하늘거린다.

번데기의 한마디

한 숨 좀
그만 쉬어
거울 쳐다보고
주름 타령할 때마다
내가 다 기가 찬다.

그 정도도 아니면
세상을 공짜로
살겠다는 심보인데
아무리 세월 앞에
느는 게 주름이라 해도

나 정도야 하겠어.

구슬

떡갈나무 가지 위에
산새들은 잠들고

풀벌레의 자장가 소리에
합창하는 개구리

가득 찬 달은 개울에 내려와
물여울과 놀고

미풍의 잠꼬대는
희뿌연 입김을 날려

풀잎 끝에
작은 구슬을 매단다.

산속의 이중주

깊은 산속 암자
"통! 통! 통!"
스님 목탁 두드리는 소리

그 옆 나무에선
"톡! 톡! 톡!"
딱따구리 고목 두드리는 소리

서로 다른 악기로
아름다운 화음을 내는 듀엣의 이중주
묵상 중인 산도 귀 기울여 듣는다.

용문사 은행나무

마의 태자의 슬픔인가
의상 대사의 희망인가

전설이 된 몸
셀 수 없는 수많은
금줄을 치고

나라의 흥망성쇠를
묵묵히 지켜보며
천년의 세월을 넘어

침묵 속에서도
자손의 번영은 변함이 없구나.

연꽃 가게

이슬도 단잠 자는 시간
개업 준비하는 연꽃
새색시처럼
살포시
이른 새벽 가게 문을 연다.

비밀이 없는 세상
소문은 삽시간에 퍼져
꿀벌들의 긴 행렬
준비한 꿀이 불티나게 팔리자
활짝 웃는 연꽃.

눈치

우린 단 한순간도
눈치를 안 보고는 살 수가 없지.
직장에선 당연한 일이고
모든 만남에서
상대의 안색을 살피는 것은 필수
집이라고 다를 것 없고

그래서 사람들은
세상 살기 힘들다고 하지만

그래야 제정신으로 살 수 있다고 하니
눈치 볼 일 없는 사람은
뇌가 더 이상 할 일이 없으므로
높은 자리가 그리
좋은 것만은 아닌 듯하네.

꿀벌

꽃들 속에
일벌들이 바쁘게 움직인다.
꽃이 있는 곳엔
어디든 날아가는 꿀벌
한 방울의 꿀을 얻기 위해
몇 만 번의 날갯짓을 했을까.

그 작은 몸으로
다리에 화분까지 뭉쳐
뒤뚱거리며 날아간다.
집으로 돌아와
입구가 작은 문 앞에서
들어가지 못하고 서성거리다

신발에 묻은 흙을 털듯
다리에 묻은
화분을 털어내는 꿀벌.

제4부

연주암 가는 길

가보지 않은 길

가보지 않은
길을 갈 때는
설렘 속에
두려움도 함께 챙겨간다.

그곳에 가거든

서늘한 가을바람이
낙엽들의 노래를
전해주던 날

가족들의 만류도
친구들의 부름도
무시하고

노잣돈 챙길 시간도 없이
빠른 걸음으로
천지라는 저택을 찾아
먼 길 떠나는 그대

그곳에 가거든
이곳의 모든 짐 내려놓고
편안한 휴식에 들기 바라오.

잡초의 꿈

크게 바라는 것 없고
남들처럼 평범하게
예쁜 색시 만나 자식 낳고
살고자 하는
소박한 소망뿐인데
무슨 그리
큰 죄를 지었다고
자라기가 무섭게 뽑아버리는지
아무리
빨리 자라도 당할 수가 없어
트랙터에 의해
온몸이 부서져 가루가 되어도
내 기어코 이번 생애는
나를 닮은
자손 하나 남기고 가리라.

엄동의 어느 발인

얼어붙은 땅이 쉽게
문을 열지 않는 것은
당신을 받아들이기 싫어서가 아니라
너무나 빨리 왔기 때문입니다.

아직 당신의 손길이 필요한
가족들이 당신을 떠나보낼
준비가 안 돼 이렇게라도
시간을 끌며 위로를 하는 겁니다.

그런데 당신은 참 좋겠습니다.

노동의 굴레에서 해방되고
의무와 책임에서도 벗어나

당신을 짓누르던 모든 것을 내려놓고
새털처럼 가볍게 훨훨 털고 가시니 말입니다.

짧은 하루

연분홍 이불을 빨아
베란다에 널어놓았더니
햇살이 염탐을 하듯
이곳저곳을 만지작거린다.

지나가던 바람이 들어와
국화꽃을 툭툭 건드리자
꽃향기가 퍼져
벌 한 마리가 날아와 앵앵거린다.

까치가 지나가다 창틀에 앉아
고개를 갸웃갸웃 집안을 엿볼 때
짧은 하루는 어둠을 데려다
거실에 자리를 잡고 길게 눕힌다.

묘지 앞에서

햇볕이
머무는
산등성에

터 잡은
세월
몇 해던가

때 되면
자손들
기다리는 것은

그곳이나
이곳이나
다를 바 없겠구려.

영정을 보며

그윽한 향으로
몸을 씻고
꽃단장을 하였구려.
먼 길
떠난다기에
인사하러 왔다네.

그대가
가는 곳은
빈 가슴
채우려고
애쓰지 않아도 되니
편히 가시기 바라오.

인생사 새옹지마
오늘은 비록
그대를 배웅하지만
내일을 기약할 수 없으니
그곳에서 만나게 되면
길 안내나 해주구려.

새경

올 때는
준비도 없이
빈손으로 와서
황망했소이다.

어떻게든
배곯지 않고
살려고
열심히 일했더니

그래도
갈 때는
다행인 것이
베옷 한 벌을 얻어 입고

국화꽃
한 아름을 받아 가니
인생의 새경치곤
괜찮은 것 같소이다.

초혼의 집

한라산 백록담에
초혼의 집 한 채
그 긴 세월동안
찾아오는 이 없어도
신혼의 단꿈에 젖어
외롭지는 않았겠소.

바람의 질투로
돌집은 무너지고
문패는 기울어도
해와 달과 별님은
그대들의 신혼 방을
엿보기에 바쁜 것 같소.

연주암 가는 길

연주암 가는 길은
계곡을 따라 올라갔지.
부처님 만나러 가는 길이
이렇게 멀 줄은 몰랐다네.

산 벚꽃과 복사꽃이
어우러져 피어 있고
끝없이 이어진 돌계단은
사람들의 발자국으로 반질반질했지.

온몸은 이미 땀으로 범벅이 되어
비처럼 흐르고
땀 냄새에 파리 떼가 연신
귀찮게 귓가에 앵앵댔지.

나는 너의 친구가 아니니
다른 데 가서 놀라고 해도
종족과 같은 냄새가 난다고
웃기지 말라네.

순간
파리에게
속내를 들킨 것 같아 움찔했다네.

번뇌

바람에 몸 싣고
구름을 길동무 삼아

달빛이 비치는 산길을
옷자락 휘날리며 떠도는 나그네.

귀를 굳게 닫아도
이명이 들리는 것은 어쩔 수 없어

흐려진 마음 닦으려고
삼천 번의 절을 해도

번뇌의 고리 끊어내기 어려워
애꿎은 무릎만 고생하네.

울고 있는 영혼

이른 새벽 청계사
누가 볼까 민망해
두리번거리다
몸살을 앓는 영혼을
쭈뼛쭈뼛 꺼내
부처님 앞에 내려놓고
무릎이 닳도록 절하고
합장하고 앉았다.

마음을 닦는
기도를 하려는데
안색이 안 좋은 영혼이
아프다고 울고
힘들다고 울고

억울하다고 울어
울고 있는 영혼만
물끄러미 내려다봤다.

운주사의 밤

마지막 춘광이
산마루를 넘어가고
상춘객들의 발길도 끊겼다.

산사의 밤은 서둘러 오고
마지막 예불도 끝나
대웅전의 불도 꺼졌다.

칠흑 같은 어둠이
절집 마당에 내려앉고
휘영청 밝은 달만 돌탑을 비춘다.

밤새 소쩍새 울음소리에
객은 홀로 잠 못 이루는데
운주사의 밤은 깊어만 간다.

문

향기로운 화장품
윤기 나는 머릿결
형형색색의 옷들
이유 없이 흐르는 눈물
심연에 집어넣고 문을 닫는다.

먹물 옷 갈아입고
합장하고 앉는 여승
마음 가는 길 알 수 없어
오늘도 번뇌에 시달리며
닫혀 있는 문 덜컹거린다.

해탈고개

봉정암에 가려면
잘나든 못나든
신분의 차이도 없이
누구나 평등하게
해탈고개를 넘어야 한다네.

그래서 그런지

쉬어갈 때마다
다람쥐들이 나타나
시주를 달라고 청하더군.
보시를 받아 합장하고 먹으니
녀석들은 분명 해탈한 거겠지.

해바라기

신을 사랑한
해바라기
그리움도 사무쳐
사랑하는 이에게
전하지 못한
수많은 이야기가
비수처럼 알알이
박혀 있는 씨앗들
그 많은 낮과 밤을
꿋꿋하게 선 채로
사랑을 구걸하다
망부석이 되었구나.

제5부

길

길

어디로 가야 할지 몰라
매일매일 길 위에서 헤맸습니다.

어느 날은 설산을
어느 날은 사막을
또
어느 날은 바다에서요.

세월을 어느 정도 보내고 나면
길을
더 이상 헤매지 않아도 되는 줄 알았습니다.
그런데
여전히 길 위에 서 있었습니다.

바라건대
마지막 가는 길은
혜매지 말고
잘 갈 수 있었으면 좋겠습니다.

누구인가

끝도 없는
붉은 피를 토해 뿌려도
어찔할 수 없는 슬픔

모든 것이
한 순간에 부서져
모래알이 되기를

풍랑 앞에 등불
슬픔이 목까지 차올라도
꾹꾹 눌러 삭히며

호두알처럼 여린 가슴을 감추고
세상과 마주하는
그대는 누구인가.

향기

밤낮없이
슬픔의
그늘을 먹고
자란
그리움이
이 세상
그 어느
꽃보다도
아름답게 피어나
진한 향기를 피운다.

우사

오후에 오겠다던 우사
이른 아침부터 찾아와
하루의 계획을
제멋대로 흩트려놓고
발목마저 묶어두고
내면이나 들여다보라고 한다.

살아온 날들만큼이나
쌓여있는 짐이 많은 내면은
발 디딜 틈 없이
번잡해
두리번거리다
움직이지 못하는 것은 매한가지.

해탈의 경지

우주를 품은 죄가
무엇보다 크다 하여
뜨거운 가슴으로
진주 몇 알 토해내고

타는 듯한 고통 속에
짓밟혀서 방치된 몸

정화수로 정갈하게 목욕하고
깊고 맑은 호수에 금줄치고
들어가 백일기도 드린다.

참선에 방해될까
숯 장군의 지휘 아래

철통같이 보초 서는 고추병사

간절한 기도 덕에
속세의 모진 인연 득도로서 끊어내고
해탈의 경지에 도달한 그대
장醬이라 부르노라.

정화淨化

농수산물 주차장
칼갈이 아저씨
구릿빛 얼굴에 소낙비 내리고

세월의 무게에도 아랑곳없이
상처가 훈장이 된 손에 의해
다시 태어나는 푸른 칼날

숫돌 옆에 쌓여 있는 칼들만큼
갈아내야 할 것도 많아
세상 근심 잘라내느라 무뎌진 칼날들

숫돌을 매개로 갈고 또 갈아
고되고 힘든 반복된 수행의 끝
내면도 이렇게 갈아 정화되면 좋겠네.

감옥

연꽃에 맺혀있는
물방울 속에
물벼룩이
갇혀 몸부림친다.

전생과 현세 천상의
삼세를 상징하여
부처님이 앉았다는
연꽃도

물벼룩에게는
벗어날 수
없는
감옥이구나.

그해 겨울

빛이 멀어져간 겨울
차가운 바람만 불어
결빙된 얼음 조각들
나태함이 스멀스멀 번져
무료한 날들의 떠다님

열 손실을 줄이기 위해
최소한의 움직임
추위에 열악한 몸은
옷을 겹겹이 껴입어 비대해
움직임마저 둔하다.

창문에 하얗게 서려있는 성에
해가 떠서 녹는가 싶으면

다시 얼어
시린 손 호호 불며 비비던
추워도 너무 추운 그해 겨울.

흔적

모든 생명이
휴면 중인 겨울
대지는
그 생명들을 품고 있어
버거운지
휴면 중에도 몸부림을 친다.

봄이 되니
울퉁불퉁한 둑길을 갈아엎고
평평하게 고른 다음
몇 가마니의 소금을 붓고
김장철도 아닌데 땅을 절인다.

소금을 뒤집어쓴 땅은

이제 막 고개를 내민
여린 새싹들과 함께
반항 한번 못하고 절여지고
저 귀퉁이 어디엔가
나의 흔적도 절여진다.

씨앗

우주를 꿈꾸며
흙속에 묻혀
휴면 중인 씨앗

긴 기다림 속에
봄의 재채기 소리
들려올 때

온몸이 간질간질
발아하는 씨앗.

무허가 판잣집

벌목꾼의
요란한 톱질 소리
놀라 퍼덕이는 까치들

나무 한 그루에 집 두 채
무허가 판잣집은
힘없이 무너져 내리고

집을 잃은 까치들
오래도록 그곳을 배회하며
며칠을 서럽게 울다 갔다.

고추

양심의 가책이
전혀 없었던 것은 아니지만

어차피 어리다고
성의 있는 대접받기는 글렀고

태양을 야금야금 먹은 것이
이렇게 온몸이 타버릴 줄은 몰랐다네.

마음

변덕이 죽 끓듯
해
믿을 게 못 되는
그대인 줄 알지만

어제는 하늘과 바다를
다
담고서도
여유를 부리더니

오늘은
무슨 연유로
심술을 부리며
옹졸하게 구는가.

무언의 응원

실버카를 끌고
신호등을 기다리는
할머니
신호가 바뀌자
있는 힘을 다해
빠르게 걸어도
멀기만 한 횡단보도

교차로에 서 있던 차들은
무언의 응원을 보내고
가슴이 조금씩
방망이질을 시작할
때
어느 학생이 뛰어와
할머니를 부축해 건너간다.

적선

무더운 여름 밤
주위를 뱅뱅 돌던
모기가
뜻 때로 안 되니
가까이 다가와 사정을 한다.

피 한 방울만
줄 수 없느냐고
안 된다고 매몰차게 거절하니
끈질기게 애원한다.
자식 때문이라고….

아들 생각이 나서
모기에게
피 한 방울을 적선해 주었다.

봄밤

밤은 깊어
고요한데
환한
벚꽃 등불 일렁이고
수줍은 초승달
구름에 가릴 때
미풍은
소리 없이 꽃잎을 딴다.

제6부

꽃들의 위로

내 인생의 계절에서
슬픔
아버지
경이로움
꽃들의 위로
벌
자화상
거울
고사목
가을의 뜀박질
누가
몸살
장마
소나기
여름 속의 가을

내 인생의 계절에서

얼었던 땅이 녹고
따뜻한 봄이 찾아와
온 들녘에
만 가지
꽃이 피어나고 있지만
내 인생의 계절은
또다시
얼어 죽을 만큼 춥고
외롭고 아픈 겨울이 찾아왔다.

이 끔찍한 겨울을
무사히 견뎌낼 수 있을지
숨 고르기를 해보지만
온기를 나누어줄

그 누군가에 기대어

따뜻한 봄을 기다리기에는

너무 멀리 온 것은 아닌지

북풍한설은

물러설 기미를 보이지 않는다.

슬픔

끝날 것 같지 않을
이 슬픔에
기억의 고통까지 증폭된다.

인간이 감내해야 할
슬픔과
고통의 무게는 어디까지일까.

신은 왜 감당하지도 못할
이런 시련과 고통을 주시며
끝없이 나를 시험하는 것일까.

아버지

어미를 잃은
충격에
밤마다
경기를 하는
어린 딸을
어찔할 수 없어
그저
가슴에 꼭 안고
밤을 새는 아버지.

경이로움

몇 주 동안
아무것도
먹지 않아도
배가 고프지 않다.
조금씩 마신 물은
강물이 되어 범람한다.
아,
놀라움에 대한
이 경이로움
사람이
이러고도 살아 있구나.

꽃들의 위로

제발
그만 좀 울어.
맘 아파 죽겠다.
열흘도 못 사는
우리들도
어떻게든 살려고
몸부림치는데
바보같이
왜 맨 날 우니
너만 겪는 일도 아니잖아
토닥토닥
괜찮아
이제 그만 울어.

벌

세상에서
가장
무서운 벌은
그리움의 벌이다.

나는

어제도
오늘도
벌 받는 중이다.

자화상

한 여자가
외출을 하기 위해
경대 앞에 앉았다.

민낯에 드러난
욕망과 자기기만이
보이지 않도록
진하게 화장을 한다.

스킨을 바르고
로션을 바르고
비비크림도 바르고
립스틱도 바른다.

교양과 친절이라는
가면을 하나씩 씌운다.
가부키가 된 얼굴에
종이꽃이 활짝 폈다.

거울

얼굴에 깊게 파인
주름만큼
외로움도 깊어
굽은 등에
세월의 무게를
지고 가는
저 노인老人
지팡이에 의지해
한 발
한 발
위태로운 걸음으로
어디를 향해 가는가.

고사목

지난날
푸름을 뽐내던
시절을
꿈꾸는 고사목
다시 깰 수 없는
깊은
잠을 자면서도
또 다른
모습으로 태어나
살아있는 생명들의
공급원이 되었구나.

가을의 뜀박질

맑은 가을 하늘에
굵은 소낙비 내리는 소리 들려
귀 기울여 들어보니
밤과 도토리 떨어지는 소리

단풍잎 사이로
도토리 까먹는 다람쥐 보여
시선 멈추고 바라보니
가을이 헐떡대며 뜀박질 한다.

누가

봄 산에
피기 시작한
진달래

만개하기도 전에
꽃송이가 꺾여
땅에 떨어져 있다.

도대체
누가
그 못된 손모가지를 가졌을까.

몸살

온몸에 힘이 빠져
빨랫줄에 널어놓은
빨래처럼
팔다리가 늘어져 무겁다.
누군가 내 몸을 잡고
땅속으로 끌고
들어가는 것 같아
허우적대다 눈을 뜨니
몸도 마음도 천근만근
꼼짝할 수가 없다.

장마

비는
세상의 모든 소리를 쓸어가
내면의 소리만 들리게 한다.

습한 바람이
뱀처럼
몸에 감겨 끈적거린다.

자욱한 안개에 휩싸인 산사는
고요가 머물고 있다가
객의 발자국 소리에 눈을 뜬다.

긴 장마에 비를 맞고 서서
산사를 지키는
사천왕들 얼굴에도 이끼가 끼었다.

소나기

맑은 하늘에 갑자기
먹구름이 몰려와 소나기
한바탕 퍼붓고 지나간다.

우산을 챙기지 못한
벌로
온몸이 흠뻑 젖었다.

굴곡 없는 삶이 없듯
우리네 인생에도
가끔 소나기가 내린다.

고통과 번뇌의 집합소인
삶의 여정 길에 만나는 소나기
애써 피하지 않고 두 팔 벌려 맞는다.

여름 속의 가을

여름의 눈을 피해
아침저녁으로
살짝살짝 다녀가는 가을

산천의 오곡백과는
머리 숙여
경배를 표하는데

여름은 아직도
떠날
생각이 없는 것 같다.

제7부

등불

염치
갯벌의 원망
그냥 찡해
타인의 배
사이좋게
반성
등불
만감
울컥
흑백사진
곰배령
콩의 변모
가시를 품은 사람
신방神房
작별인사

염치

멈춰버린 시간 속에 갇혀
몇 동이의 눈물을
쏟아냈는지 기억도 없고
낮과 밤의 경계도 무너진 지 오래다.

신이 내게 준 벌이
너무나 고통스럽고 가혹해
절망의 늪에서
몇 날 며칠을 굶고 울었더니

장자가 뒤틀려 죽음보다 더한 통증
고부라져 데굴데굴 구르다
본능이 시키는 대로
비루한 몸을 끌고 병원엘 갔다.

약을 먹기 위해
넘어가지 않은 밥 한 술을
물에 말아
몇 개의 밥알을 간신히 삼켰다.

이성도 마비돼
제 기능을 포기했는데
이기적이고 가증스러운 본능은
뻔뻔스럽게도 염치가 없다.

갯벌의 원망

썰물이 떠나간 자리
갯벌은
민낯을 드러내
부끄러운 속살을
다 보여주고도
속까지 파헤쳐져
상처투성이가 되었다.

눈물마저 말라버리고
온몸이 서서히
굳어갈 때
바다의 노래를
들려주며
사랑을 속삭이던
썰물이 원망스럽다.

그냥 찡해

할머니 서너 명이
실버카를 끌고 사람 구경 나왔다.
더는
신기할 것도 없는 세상
콧바람 쐬며
달팽이보다 더 느리게 걷는다.

간신히 몇 걸음 걷고 나서
나무 그늘 아래
실버카를 세워 두고
그 위에 앉아
서로 마주 보며
이야기꽃을 피운다.

가끔은 박장대소하고
또 가끔은
새색시처럼 수줍게
손수건으로 입을 가리고 호호호 웃는다.
야속하고 무심한 세월도
그녀들의 마음까지는 어찌하지 못했나 보다.

타인의 배

삶이라는
넓고도 큰 바다에
그 어떤 만남도
그냥 지나가는 바람은 없었다.

기쁨은 기쁨대로
슬픔은 슬픔대로
그 모든 것들이 축적되어
내 인생의 길잡이가 되었다.

오늘도 나는
또 다른
타인의 배를 얻어 타고
강 하나를 무사히 건너왔다.

사이좋게

깊은 산속 암자
마당 옆에
서 있던 밤나무
뜨거운 여름을 스님의
독경소리 들으며 보냈다.
가을이 되니
밤송이가 익어
툭!
암자 마당에 떨어졌다.
마당을 쓸던 스님
밤을 주워
다람쥐 하나 주고
청설모 하나 주고
나머지 하나는 스님이 까먹었다.
사이좋게.

반성

변해버린 세상에
혼자 있는 법을
배워두지 못한
지난날을 반성합니다.

내면의 소리에
귀 기울이지 않고
거만하고 교만했던
지난날을 반성합니다.

넘쳐나는 섬들 속에
일원이 되고자
몸부림쳤던
지난날을 반성합니다.

등불

그대
먼 길 떠날 때
길 헤매지 말라고
등불 하나 밝힙니다.

그대
떠나보낸 그곳에
오늘도 그대를 기다리며
등불 하나 밝힙니다.

그대
지친 몸으로 돌아오는 길
발길 닿는 곳곳에
등불 하나 밝힙니다.

만감

어느 봄날

복사꽃이 바람에 날려
미치도록 아름답다.

심연은
외줄을 타는데

화창한
봄날은 더럽게도 좋다.

울컥

살면서 느껴야 하는
슬픔과 고통
미련과 아쉬움에 대한
것도 아니고
일찍 가신 부모님 생각에
그런 것도 아니랍니다.
세상의 온갖 풍파를
싸워내며 받았던
멸시와 무시에 대한
연민도 아닌 것 같습니다.
그저 가금씩
용솟음처럼 솟았다
사라지는 것이
무엇인지 알 수가 없습니다.

흑백사진

갈무리에 여염이 없는
가을을 붙잡고
하루 종일 돌아다녔다.
끝도 없이 순환하는 시간 속에
또 한 번의 가을이 깊어간다.

공활한 가을 하늘에
기러기가 날아가고
마음이 고달팠던 지난날
기억 속의
흑백사진 한 장도 날아간다.

곰배령

많은 사람들이
이유도 모르고
저승길 떠난 곳
천연두의 무덤이라
갖다 버린 사람들이
둥글게 쌓여

곰배령이라는
지명이 생겼다지.

그들의 눈물처럼
가을비만 추적추적 내리고
찬바람이 스산하게 부는
곰배령

야생화 대신
멧돼지 발자국만 남아있다.

콩의 변모

고통 없이는
다시 태어날 수 없다 하여
폭포에
몸을 던져
어머니의 기억을 지웠습니다.

팅팅 불은 몸이
깊고 습한 구덩이에 떨어졌을
때
타는 듯한 갈증을 참지 못해
물을 찾아 정신없이 헤맸답니다.

뼈를 깎는 고통이 무엇인지
알 수 없으나

그에 버금가는 고통을 참아낸
내게
콩나물이라 불렀습니다.

가시를 품은 사람

겉모습과 달리
속은 아집으로 곪아 터져
자신이 짜놓은 틀 속에 갇혀 산다.

아무것도 모르고 다가간 자는
이유도 없이 가시에 찔려
통증에 시달린다.

순식간에 앵두가 익어 떨어지고
혼미해지는 정신 줄을 잡고
원망보다는 걱정이 앞선다.

"너, 많이 외롭구나!"

신방神房

엄지 바위가
터를 잡고 서 있는
그곳에

산을 찾는 사람들이
자신들의 염원을 담아
정성스럽게 하나둘
돌들을 쌓았다.

시간이 달리기를
하는 동안
몸집이 점점 커지더니
어느새 신방神房이 차려졌다.

작별인사

안녕
잘 가
많이
아주 많이 사랑해.

바위 틈에
피는 꽃